Hôtel Drouot

Ventes de Bienfaisance

23 Février

Antigonos

Hôtel Drouot

Ventes de Bienfaisance

23 Février

Réimpression inchangée de l'édition originale de 1874.

1ère édition 2024 | ISBN: 978-3-38666-322-9

Antigonos Verlag est une marque de Outlook Verlagsgesellschaft mbH.

Verlag (Éditeur): Outlook Verlag GmbH, Zeilweg 44, 60439 Frankfurt, Deutschland
Vertretungsberechtigt (Représentant autorisé): E. Roepke, Zeilweg 44, 60439 Frankfurt, Deutschland
Druck (Imprimerie): Libri Plureos GmbH, Friedensallee 273, 22763 Hamburg, Deutschland

VENTES

DE

BIENFAISANCE

AU PROFIT DE

1° LES ORPHELINES DE L***, artiste peintre lithographe

ET

2° D'HAUSSY, artiste peintre

HOTEL DROUOT, SALLE N° 3

Le Lundi 23 Février 1874

A 3 HEURES PRÉCISES

EXPOSITION PUBLIQUE

LE DIMANCHE 22 FÉVRIER 1874, DE 1 HEURE A 5 HEURES

<table>
<tr><td>COMMISSAIRE-PRISEUR</td><td>EXPERTS</td></tr>
<tr><td>Me BOUSSATON</td><td>MM. MARTIN et PASCHAL</td></tr>
<tr><td>39, rue de la Victoire</td><td>52, rue Laffitte.</td></tr>
</table>

CATALOGUE

DES

TABLEAUX

ET

AQUARELLES

OFFERTS PAR DIVERS ARTISTES

1° AUX ORPHELINES DE L***, artiste peintre lithographe

ET

2° A D'HAUSSY, artiste peintre

DONT LA VENTE AURA LIEU

HOTEL DROUOT, SALLE N° 3

Le Lundi 23 Février 1874

A TROIS HEURES PRÉCISES

PAR LE MINISTÈRE DE M* BOUSSATON, COMMISSAIRE-PRISEUR

Rue de la Victoire, 39

ASSISTÉ DE **MM. MARTIN & PASCHAL**, EXPERTS

52, rue Laffitte

EXPOSITION PUBLIQUE

LE DIMANCHE 22 FÉVRIER, DE 1 HEURE A 5 HEURES

1874

CONDITIONS DE LA VENTE

Elle aura lieu expressément au comptant.

Les adjudicataires payeront cinq pour cent en sus des enchères, applicables aux frais.

DÉSIGNATION

AMADO

1. — Piccadore. — Dessin à la plume.

BARRIAS

2. — Malvina. — Dessin.

BONNAT

3. — La Jeune Mère.

BOULANGER (G.)

4. — Jeune Arménien. — Dessin.

BRETON (JULES)

5. — Pêcheuse; Bretagne.

BROCHART

6. — Jeune Fille. — Pastel.

CHOLET

7. — Route dans une forêt.

CODINA

8. — Femme de la Scarpa. — Aquarelle.

COROT

9. — La Passerelle.

DAUBIGNY

10. — Bords de la Seine.

DAUMIER

11. — Moine lisant.

DESBORDES (LOUISE)

12. — Fleurs dans une coupe.

GÉROME.

13. — Un Dessin.

GILBERT

14. — Le Bouquet.

JEANRON

15. — Le Retour du soldat. — Dessin.

KNYFF

16. — Souvenir de Fontainebleau.

LAINÉ (victor)

17. — Coin de cour à Barbison. — Dessin.

LEQUIEN

18. — La Vierge. — Galvanoplastie.

MANET

19. — Bassin d'Arcachon.

MATHON

20. — Bords de l'Oise.

SCHREIBER

21. — Bernardina.

VIDAL

22. — Candeur. — Dessin.

2° AU PROFIT DE D'HAUSSY

ARTISTE PEINTRE

AROSA (Mlle)

23. — Un Étang.

AUTEROCHE

24. — Plage d'Houlgate en mai.

BEAUVERIE

25. — Rue de village.

BELLEL

26. — Un Dessin.

BERTHON

27. — Paysage avec figure ; Auvergne.

BRANDON

28. — Rabbin.

BRETON (Jules)

29. — Femme de Douarnenez.

BONVIN

30. — Le Petit Tambour.

CALS

31. — Rivière de l'Orne.

CASSAGNE

32. — Paysage; Fontainebleau.

COROT

33. — Vue prise à Saint-Lô.

COTTIN

34. — Coq et Poules.

DEGAS

35. — Danseuses.

DIAZ

36. — Forêt de Fontainebleau.

FRÈRE (ÉDOUARD)

37. — L'Hiver.

GAUGUIN

38. — Paysage. — Étude.

GAUTIER

39. — Nature morte; poissons.

GLAIZOT

40. — Pêcheuses de Crevettes; Bretagne.

GUILLEMER

41. — Forêt de Fontainebleau.

HADENGUE

42. — Blanchisseuse.

HENNER

43. — Une Figure.

JONGKIND

44. — Rivière de la Meuse, près Dordrecht (Hollande).

LAINE

45. — Le Jeu de marionnette.

LAMBERT (Eugène)

46. — Environs d'Amiens.

LECOCQ

47. — Moulin à eau.

LESSORE

48. — Bateaux à vapeur sur la Seine. — Aquarelle.

MAZEROLLE

49. — Rêve d'amour.

METTLING

50. — Figures. — Esquisse.

MILLET (J.-B.)

5 1. — Entrée de bois. — Dessin à la plume.

MOLINS (DE)

52. — Piqueur et Chiens de chasse.

MORLOT

53. — Bouquet de fleurs.

PALIANTI

54. — Paysage. — Aquarelle.

PARROT (Philippe)

55. — Figure de femme.

PIETTE

56. — Village. — Aquarelle.

PISSARRO

57. — Paysage ; environs de Paris.

PLAISANT

58. — Les Petits Glaneurs.

QUOST

59. — Boutons d'or.

RIBOT (Théodule)

60. — Un Peintre. — Étude.

ROUART

61. — Paysage; environs de Melun.

SCHREIBER

62. — Jeune Italienne tricotant.

SPECHT (de)

63. — Paysage.

VEYRASSAT

64. — L'Abreuvoir. — Aquarelle.

WORMS

65. — Une Lettre recommandée. — Dessin à la plume.

WYLD (William)

66. — Une Aquarelle.

3° AU PROFIT DE Mme ANGÈLE GAUDI

BOULANGER (Gustave)

67. — Un Dessin.

GEROME

68. — Un Dessin.

LÉVY (Émile)

69. — Figure italienne.

PASINI

70. — Figures orientales. — Mine de plomb.

PARIS. — J. CLAYE, IMPRIMEUR, 7, RUE SAINT-BENOIT. — [2 0]